내일도 맑음

이정선 시집

시인의 말

시인의 말을 모른다

그래도 시를 따라다니는 게 좋다

차례

1부 투명한 햇빛 앞에 두고

2부 마법이 있다면

3부 오늘이 찬란하다

4부 오늘 같은 햇살을 보면

1부
투명한 햇빛 앞에 두고

나의 다큐 속으로

그래,
마침 오늘은
주인공으로 살았다

이만하면 됐다

겨울

3시

해가
힘이
없다

나는
여름
이고
싶다

투명한 햇빛 앞에 두고

턱을 위로 뻗는다
눈을 감는다
여름인가
얼굴 없는 말이 조용히 노크를 한다
고개를 돌려 아는 이를 찾는다
햇빛 너머 방안 불빛이 보인다
그림을 그리고 있겠지
흰 마스크에 흰 점퍼를 입은 학생이 지난다
걸음이 활기차다
좁고 답답한 교실에서 그래도 웃었겠지
걸음이 내게 그래도 좋았다고 전한다
마음이 햇빛을 따라나선다
조금은 멀리
투명한 햇빛이 여기도 가득하다
앞마당에
가지런히 꽂힌 책 위에
그 옆에 웃고 있는 친구들을 본다

나도 웃는다

투명한 햇빛을 앞에 두고
나른한 잔디 위에 앉은 듯
우주를 유영하는 듯

잠시 설레었다

고향집

여름내 붉던 꽃들
어쩌지 못하고 앙상하다

마당 가득 메운 질경이
찾는 이 없으니 저희들 세상이구나
늦가을 햇살 벗 삼고 있었는데
내가 불청객이다

잠시 쉬다
떠날 것이니
노여워 말아라

신의 귀를 가졌다면
다 들었을 소리들

다만 소리 없이
귀만 가렵다

아버지

콧날 오똑하고
눈빛 따뜻한

커다랗고 무거운
짐자전거에
어린 나를 태우고
흙길 달려
들을 지나 읍내 장까지 가셨지

산에 나무하는 부역에서
돌아오실 때
언제나 주머니가 불룩했지
막내딸 주려고
가져오신 빵 때문이었지

내겐 그런 아버지가 계셨지

감사 편지 -딸에게

너의 얼굴을 보면
행복한 웃음이
찾아온단다

얼굴과
가슴에

너와 눈 마주치면
따스함이
찾아온단다

손끝
발끝에

오늘은
부드러운 목소리까지 들려주니
온몸이 따스하구나

내게 온
네 웃음, 따스함
그리울 그 떨림

별빛 따라
네게 돌아갈 거란다

영어 하는 마음

언어가 움직이는 밤

째깍째깍

낯선 세계로 빠져드는 밤

최면에 빠지듯 째깍째깍

마법에 걸린듯
휘청거리는 검은 그림자들

그 틈을 파고드는 경적소리
검은 그림자들 달아나고

째짝째깍
밤은 변함없다

다시 낯선 세계로

째깍째깍 째깍째깍

꽃

누군가 보고
웃는다면

누군가 보고
손 내민다면

빈 데

며칠 전 필사한 시가 무엇인지
생각나지 않는다

더듬어 보아도
나를 잡던 따뜻함도
시인의 향기도 사라졌다
그저 검은 잉크만

빈 데를
붉고도 질긴 것
희고도 누런 것
맑고도 쓴 것들로
채운다

그래도 내 것은 없으리라

시인

세상을

그리도 그리는 사람

한 가닥 거미줄에

새벽이슬 걸어놓고

반짝이는 사람

그냥

나도 핥는다
'지금' 을 핥는다
언제나처럼 시간의 밥그릇을 핥는다
햇살이 담긴
바람이 담긴
먼지가 담긴
꽃잎이 담긴
그림자가 담긴
시간이라는 밥그릇을 핥는다
그냥
그렇게

*정호승의 〈밥그릇〉을 읽고

너의 한마디

어느 날 네가 내게 한 말

"눈 떴으면 그냥 발딱 일어나"

쫙!

한겨울
두꺼운 얼음이
빠개지는 것 같았어

진달래꽃

봄눈

분홍눈

저만치

산언덕에

보이는

비

똑
똑
똑

창 너머 들려오는 소리

자르륵
차르륵

허공 너머 들려오는 소리

의자 넘어지는 소리에 놀라
날뛰는 고양이처럼
등산객을 따라나서기 바쁜
작은 흙 알갱이들을 진정시키고
목마른 가지를 적시고
피는 봄꽃을 응원하는 음악 소리다

하늘의 구름집으로 돌아가는 시각 언제일까
얼마나 적시고
얼마나 진정시키고
음악 소리 정지할까

너는 가늠하지 않는다

다시
가지가 목마르고
흙먼지가 날려도
너는 슬퍼하지 않는다

또다시 내릴 뿐

별

내가 사는 곳에는 천억 개의 은하가
한 개의 은하 속엔 천억 개의 별이

언제나 반짝이는 별빛을
나는 몇 개나 이름 붙여 알고 있는가

내가 그 이름 모른다 하여 별이 서러워하는가
내가 그 이름 모른다 하여 빛이 약해지는가

나는 어떠한가

돌알갱이를 발아래 두고 소복이 핀 할미꽃
돌알갱이가 몇 개인지 세는 듯 아래만 보고 있다

쪼그려 앉아 사랑을 보내는 나를 몰라라한다

내게 눈길 주지 않는 할미꽃 앞에서
서러워 눈물 흘렸던가

사랑의 빛을 잃지 않았던가
돌아볼 일이다

별은 언제나 빛난다

봄 산

겨울과 봄이 섞이었다
길가에 나란히 선 가로수는 겨울이 이겼다
메마른 겨울 가지에 연둣빛이 스며들듯 피어난다

겨울과 봄이 섞이었다
가로수를 품은 듯 둘러싼 산은 봄이 이겼다
연푸른 촉촉한 물 위에 젖지 않는 흰 가루를 한 줌씩 올리었다

지구를 발아래 둔 거인이 봄맞이 꾸밈을 밤새 하였구나
내 보기엔 초보 화가다

회색 가루 듬성듬성
흰 가루 듬성듬성
분홍 가루 듬성듬성

흰 가루와 분홍가루는 꽃이요
회색 가루는 떠나는 겨울의 등이구나

아!

엉성함의 조화는 모두가 꽃이다.

등잔 밑

너는
일 년을 기다려
내 앞에 섰다
활짝 웃는 얼굴로

나는
둘러둘러
너를 찾는다

너를 찾아 나선
첫날
해님이 쌀쌀맞은 날이었어
구름 속에 숨어 반기지 않았지
너는 보이지 않고 코끝만 시렸어

둘째 날
해님이 붉은 수줍음을 남기고
집으로 들어가는 시각이었어

가로등이 너의 하얀 속살을
반짝이게 하기에는 숨이 찬 듯 보였어

둘러둘러 집으로 왔어

너의 끌어당김인지
너를 보고 싶은 마음인지
문득 떠진 새벽눈
맑고 깨끗했어

둘러둘러 너를 만나러 가는 길

새소리 경쾌하고
수면을 활주로 삼는 물오리들의
부리에 힘이 가득했어

둘러둘러 너를 만난 길

아침 햇살에 빛나는 너
넓은 어깨를 당당히 펴고
활짝 웃는 너
여기구나

바로 등잔 밑

2부
마법이 있다면

완성이 깃드는 자리

목련이 큰 웃음을 펼치었다
아가 볼처럼 통통한 꽃 몸이
나뭇가지를 가리었다

예쁘다

겨울옷이 답답함으로 겨드랑이를
조인다
곧 목련 꽃의 통통함도 사그라들겠지

떠나보내야 한다
머릿속을 맴도는 싯구를

떠나보내야 한다
아지랑이 피듯 맴도는 미지근한 생각을

목련이 세상에 큰 미소 보내고 떠나듯
보냄 속에는 완성이 깃든다

거연遽然

이렇다

저렇다

해도

지금은

지는

꽃이

서럽다

*거연(遽然): 깊이 생각하거나 느낄 겨를도 없이 갑자기

냉이꽃

꽃 피었다
하얀 꽃
실같은 꽃대 위에
욕심 없이 앉았다
가녀림조차 내어주어
빗물이 방울 되어 앉았다

미안하다

올해도
작년에도
캐서 내 혀끝을 달래었는데
네가
꽃같이 아름답게 피는 줄 몰랐다

미안하다

내 손 닿지 않은 너의 친구는
키도 크다
두 뼘이 넘는다

마음꽃

개나리
벚꽃
지난 자리

냉이꽃
튤립
앉았는데

너는 보이지 않는다

봄꽃

활짝
웃는
네가
좋아
세상이
넋을
잃는다

죽은 날

하늘에 계신 분이
오늘 무엇을 했느냐
묻는다면

묻는다면

묻는다면

눈은
꽃대에 앉은 빗물같이
반짝이는 햇빛을 보았으나
몸은 빗물 받지 않았네

귀는
살금살금 꽃잎 사이
걷는 바람 소리 들었으나
몸은 바람 향기 맡지 않았네

보고
들으나
온몸으로
느끼지 않으니
시간의 표정을 잊었다

하늘집 구름방에 있었다 대답하리

마법이 있다면

폭신폭신
민들레 홀씨
안고

산들산들
바람 위에
앉아

나른나른
햇빛
만지며

바람이
잠드는 곳

바람이
잠들 때까지

눈
감고 싶다

그리워할 당신

또각또각
손 뻗어 잡으려 하나
꽃잎 날리듯 달아나고

두근두근
가슴에 품으려 하나
식은땀 마르듯 사라지고

찰랑찰랑
고개 숙여 맞으려 하나
뒷산 연못 깊이 숨어버리네

빈 깡통의
무게를 느끼는 건
당신의 웃음인가 봅니다

3초 기도

지금의 시간을
오늘의 일들을
즐기게 하소서

마음 씨앗

육신의 눈은
감고

마음의 눈은
떠라

봄꽃이
피고

아침 해가
뜨고

하늘의
눈물
그치듯

저
깊은 곳

마음 씨앗
싹 틔우리라

내가 원하는 삶

바람이
가벼운 날
봄꽃 피면
꽃봉오리에 코를 박고
향기를 한껏 마시고 싶다

햇빛이
종아리를
따갑게 꼬집으면
나무 그늘 속으로
기어들어가
잠을 청하고 싶다

하얀 눈송이
세상을 묻어버리면
그대 품에
폭 안기어
곰이 잠자듯

책만 읽고 싶다

성공이라는 포장지

계단을 오르는
남자
목표를 향해
한 발 한 발
넘어지고 일어난다
낭떠러지로 떨어지고
다시 오른다
또다시
또다시
또다시 오른다
박수갈채가 쏟아진다

성공이란 무엇인가

'성공'
기호로 된 포장지일 뿐
'삶'은 '생'과 '사' 사이의 어떤 공간
공간의 문을 열고 드나듦을 반복하는 '행'이 '삶'

'성공' 도 '실패' 도 기호로 된 포장지
공간을 메우는 '행' 이 존재할 뿐이다

오늘도
나는
'생' 과 '사' 의 공간을 메우는
'행' 을 더한다

별빛 속으로

나의
별을 향해

시를 쓰고
책을 읽고
바람 속을 걷고
근육의 힘을 키웠습니다

나의
별빛 속으로
또 한 발
들였습니다

시간

또 올 테니

별을

놓아버리지 말자

꽃씨

가슴 아래
장미 꽃씨가 싹을 틔웠다
가슴의 열기를 먹고
가시 하나
뿌리 한 가닥 내밀었다

서늘한 북풍을 맞고
손끝이 떨린다
파르르 떨리는 손톱 아래를 뚫고
가시 하나
뿌리 한 가닥 또 내밀었다

북풍에 비가 섞이었다
가슴을 적신
비를 빨아들여
가시 하나
뿌리 한 가닥 또 내밀었다

따갑다

장미 꽃씨
신의 품을 떠나올 때
가시와 함께
분명
화관도 품었으리라

핏물 먹고 틔운 화관
짙은 빨간 화관

신의 엄중함을
잊지 않았으리
피비린내 땅의 먹이로 남기고
분홍빛 향기를 담으리라

씨앗

웃어도 돼, 어깨를 짓누르던
공기의 힘을 잘 참아냈으니까
뱃살 밀어 넣으며 벨트에 조이듯
쪼그라들던 심장을 미소 짓게 하는
일상으로 돌아왔으니까
변심을 의심했던 손끝도
일상의 박동으로 돌아왔으니까
박동을 따라 크게 웃으면 돼

웃어도 돼, 손에 든 것이 씨앗인 줄도
몰랐지만 매일의 시간 속에서 저 혼자
싹 틔울 줄 아니까

싹을 틔우고 있으니까
웃어도 돼

만어사

통통통
통통통
통통통

사람들의 호기심과
탄성의 넓이만큼

만어사
만어바위
머리가 하얗다

하얀 머리수만큼
웃음소리 멀리 간다

3부
오늘이 찬란하다

아직도 아픈 것은

아직도 아픈 것은
사랑도 미련도 아니다

깊은 물속에서
오랫동안 함께 헤엄쳤다는
사실뿐이다

오늘의 반성

말을 줄이고 행동을 더했는가
나를 돋보이려 하지 않았는가
무표정보다 웃음을 더하였는가
근육을 많이 썼는가
과식을 하지 않았는가
나에게만큼 다른 사람에게 관심을
가졌는가
환경을 생각하고 행동을 했는가
일에 욕심을 덧붙이지 않았는가
일에 있어 변함없음을 실천하였는가

돌아볼 일이 참 많구나

무지개 심장

신은
나에게
내가 아는 것보다
더 큰 심장을 주셨다

무지개는
7가지 색을
같은 시간에 내 보인다

신이 주신
심장의 힘을 모두 쓰고 가리라

나는 아직
내 심장의 색을 다 보지 못했다

어린 짐승의 산마당

아직은 선선한 바람이 불던 때
초록이 차오르기 시작하는
산기슭이 늙은 어린이가 되었을 때
찔레의 새순을 꺾고
아카시아 꽃밥을 먹을 때
조용히 핀 조팝나무 꽃 향이
어린 짐승을 산으로 불러올릴 때
산기슭 모퉁이 돌아 둔탁한 곳
미나리 한 움큼 초록 안색이 생기 있다
자생 미나리꽝이다
둘레가 거인의 손 한 뼘이다
어디서 흘러왔는지 팔이 길다

4월의 마음

촉촉한 연둣빛 작은 잎들
나무도 산도 피어나는 4월

피어나는 산이 참 예쁘다

오늘이 찬란하다

아!

오늘도,

그들과 웃습니다

또

다른,

기대를 하면서요

비 오는 날

생명의 기운이
바뀌는 날

쓰쓰쓱 쏴
자동차 바퀴의,
자기도 살아 있음을 조르는
소리

영혼은 스르르 입김 따라
빠져나가고
자하세계에 잠들어 있는 영혼이
틈새를 파고드는
날

우주의,
만물의,
층의
기운이 교차하는 날

내

영혼을

단단히

잡아야 한다

202306010454

어슴푸레
어슴푸레

먹구름이 하늘 끝을 가려도

어슴푸레
어슴푸레

먹구름 사이 흰빛 짙어지고

어슴푸레
어슴푸레

공원을 지키던 밤가로등 눈빛 작아지고

어슴푸레
어슴푸레

앉은자리는 보이지 않고
높고 카랑한 새소리로
허공이 빵빵하다

오늘은

밤 친구를
아침에 만났다

혼자가 아니네!
당황한 나는 잠시 주춤한다.

손등에 닿는 낯선 기운을
소매로 덮어 뿌리친다

빰마저 뜨겁게 달구는
그의 인사가 반갑지 않다
모자의 창을 돌려 몰아내고
나는 모른 척한다

내 시간 속
내 시야 속만 아는
내가 어리석다

유월의 햇빛

덥다

많이 덥다

햇빛이

밤새

장작불을 쬐다 왔나 보다

2023 여름

유월의 토요일 오후 5시 30분
아직은 뜨거울 햇빛도 주말의 여유를
구름 뒤 푸른 언덕에 누워 즐기는 듯 보이지 않는다
햇빛의 빈자리를 바람이 시원하게 자리 잡았다

옳거니
팔거천의 빈 의자에 나도 자리 잡는다
『Factfulness』 좁고 길쭉한 매트에 모로 누워 손에 든 책이 낯익다
그녀의 옆에 낚싯대를 잡은 흑인 남성이 힐끗 나를 본다

시원하게 부는 바람은 뇌를 상쾌하게 만들고
낯선 풍경은 나를 즐겁게 만든다
나는 『밀크맨』을 펼친다

산책을 하던 머리 희끗한 남성이 참견을 한다
낚시를 하는 자리가 아니란다

이번엔 머리 희끗한 남성이 타던 자전거를 세운다
낚싯대 옆에 선다
낚싯줄이 팽팽해진다
좋아라 여성이 바짝 다가서고 남성이 힘껏 그러나 조심스럽게 낚싯대를 잡아 올린다
보고 있던 머리 희끗한 남성이 갑자기 낚싯대를 낚아채려 한다
단호히 오른팔로 저지하는 남자, 물고기를 손으로 잡는다

어디서 왔는지
검은 고양이 한 마리
점박이 고양이 한 마리
자기들 달라고 재촉이다
머리 희끗한 남성이 두 고양이에게 발길질이다
너희가 먹는 게 아니라고
옛다 남성이 손 안의 물고기를 던져준다
검은 고양이 냅다 물고 달음박질이다

점박이 고양이는 보고만 있다
머리 희끗한 남성도
물고기를 던져준 남성도
좋아라 웃던 여성도
시원한 바람도
잔잔히 흐르는 팔거천도

그들을 나도 본다
'풍경' 이다

기도

회색의 세계에도 신이 있다면
모든 것을 받아주는 신이 있다면

조용하게 줏대 있게 걷는 시간을
넘어뜨린 시인을

아무 일 아닌 듯 넘어진
시간의 손을 잡고 다시 걷기를 희망하는 시인을

나무라지 마시고
그저 웃으며 지켜보소서

시인이 걷는 길에
놓으려던 꽃을 변함없이 놓으며 미소 지으소서

물길

잔잔히 흐르는 물길
반짝, 햇빛이 함께다

잔잔히 흐르는 시간
울렁, 흥분이 함께다

잔잔히 흐르는 생각
두근, 불안이 함께다

잔잔히 흐르는 몸짓
흐물, 나른함이 함께다

햇빛 안고 흐르는 물길처럼
인간의 하루
별빛 없어도
그 길
벗어나지 않으면 좋겠다

물오리

허공을 유영하듯 나는 물오리

날개조차 움직이지 않는다

아침 기운을 받아 더 힘차다

여유롭다

꿈에라도 저렇게 날아보고 싶다

물음표

너는 어느 꽃을
피우려 하느냐

너는 어느 별에
닿으려 하느냐

너는 어느 길에
오르려 하느냐

너는 너를 아느냐

06240459

허공이 빵빵한 459

꽃씨가 눈뜨는 459

평온한
잔잔한
충만한 459

나에게
너그러운
시간을 찾았다

그대 어디로 가는가 –한티 가는 길

별빛 따라 밤새 놀다
한숨 돌리는 이슬 위에
산들산들 허리춤 추는
나뭇잎 위에
삐죽삐죽 허공에 손짓하는
뾰족 잔디 끝 위에
졸참나무뿌리를 하얗게 색칠한
이름 모를 이끼 위에

보석이 앉을자리를 찾는 길

투명한
맑은
빛나는
보석이 앉을자리를 찾는 길

악악
찌찌지

빠빠빡
하늘을 나는 놈 울대에도 앉았구나

경쟁에 찌든 작은 몸
욕심에 부푼 작은 몸
질투에 빠진 작은 몸
책임의 소용돌이에 휘말린 작은 몸

본성으로 돌아가는 길
한티 가는 길

4부
오늘 같은 햇살을 보면

그것

수위를 넘은 하천의 흐름을 따라가는 그의 눈에,
큰 물 져 집 잃은 청둥오리가족
돌비알에 앉아 날갯죽지 다듬는 입질에,
굵은 빗줄기에 힘겹게 허공을 잡은 나뭇잎에,
때 지난 분식집 조용한 오후
나른히 앉아 전화기를 만지는 주인에,
발자국 소리는 숨을 죽이고
책장 넘기는 소리는 의기양양한
도서관 창가에 앉은 청년의 뒷모습에,
충만함을 가득 안고 퇴근하는 그의 미소에,
갑갑한 오늘을 떨치지 못하고 찝찝함을 놓지 못하는 그에게,

그것은 있다
당신에게도 그것은 있다

팔거천의 여름

장마다
범람 직전이다
물살이 굵고 거세다

낙수소리가 요란하다
'하천도 폭포가 될 수 있구나'
폭포수 아래
꿈틀꿈틀 살아있다

여름 손님 미소가 무섭다

기운에 눌려 질식할 것 같다

풀 파도

포아풀 가득 피었다

바람이 살짝 포아풀 등을 밀었다

포아풀
포아풀
포아풀

풀파도
풀파도
풀파도

조용히 되뇌니

포아풀의 싱그러움
황홀하여 넋을 잃는다

억수 같은 중학생

햇빛을 숨기고 번개로 모른 척
천둥으로 놀래키고 바람으로 모른 척
폭포비로 물에 빠진 생쥐꼴 만들어놓고
조용히 먼산 보며 모른 척

'비 구경하자'
신호에
와하하 호들갑
하지만

모른 척 수업한다

꽃

꽃을
보았다
어제 친구가 손 닿은 꽃

누군가 닿았다면
나도 할 수 있다

시간의 틈이 있을 뿐

그러고 보니

그러고 보니
통곡한 적이 있었던가?

딱
한 번
어머니 아플 때

그러고 보니
통곡한 날보다
웃는 날이
더 많았네

*정호승의 〈선암사〉를 읽고

사랑

보고 싶고
그립고
만지고 싶어

자꾸만

내리는 비

하늘과 땅의 사랑

해와 비

보고 싶다
보고 싶다

또
보러 와도
너의 얼굴 보이지 않네

그립다
그립다

또
불러 봐도
너의 소리 들리지 않네

풋대추

호박 넝쿨
질경이
강아지풀
토끼풀
쑥
이름 모를 풀꽃까지

사람 발길 없는 빈집 마당을 대신 채웠네

아롱아롱
풋대추 알
긴 풀잎 위에 조용히 앉았네

키 작은 대추나무
풀들의 소란에도
제 할 일 잊지 않았구나

어디선가

너도
네 할 일 하고 있겠구나

길을 걷다가

몰랐네
몰랐네
그때는
몰랐네

내
별이
얼마나
빛나는지

너를
보고
이제야
눈치챘다

아름답고
맑게
빛난다

달맞이꽃

노랑꽃무리
어둠 속에 숨어
달을 구경하네

노랑꽃무리
어둠 속에 서서
내 손끝을 더듬네

노랑꽃무리
은빛 달빛 받아
노랑나비 되었네

노랑나비 시간을 타고
달무리 속으로 날아갔나
어디에도 보이지 않네

억지 친구

28살

그는
그보다
2살 위

당신은
그보다
8살 위

나는
당신보다
13살 위

나와
당신은
친구

당신과
그는
친구

그와
그는
친구

그의 그와 당신과 나는 친구

소중한 나이

선생은 태어 난지 며칠 되셨는지요?

글쎄요
…
한, 만 구천구백일 정도 되었구려

요 어린 선생은
며칠 되었는지요?

백일 되었구려

아하!

참으로
소중한
나이구려!

젊은 사랑

보조개가
있구나

고개를
폭

하얗다

새싹

짐을 내리다

온 몸에
새싹이
돋는다

가벼움의
욕구다

맑음

하늘 맑음
사랑 맑음
믿음 맑음
약속 맑음
준비 맑음
일 맑음
고양이 맑음
봄 맑음

시각 맑음

그렇다면

내일도 맑음

오늘 같은 햇살을 보면

들판을 향해 입을 벌린 집
작은 마당 한편에 붉은 접시꽃
뜨럭 위에 앉은 당신

그동안 입어보지도 못한 옷들을
앉은키보다 더 높게 쌓아놓고선
지난 세월 속 추억을 찾으시나
남은 생 숨은 시간을 찾으시나
힘없이 늘어진 팔과 손이 바쁘구려

추억이 쌓여
생각이 쌓여
관계가 쌓여
미련이 쌓여
리어카가 산이 되어 꽃상여보다 먼저 떠나던 날

당신 어깨에 내려앉은 햇살이
가시는 길 안내하듯 밝고 따뜻했지요

그 뜨럭에 앉아 당신이 받았던 햇살을 보고 싶어요

백록담아

산기슭을 삼켜버린 새벽어둠
굵은 비, 초보 산악인
산을 찾아 야단이다

설날 색동옷 입듯
차려입은 파란 우의
맛과 향을 고이 품었다

돌산의 딱딱함을
이기지 못하고 벌어진 밑창
깐깐한 쇠창살에 쩔쩔매는 발목

튼튼이 놓인 징검바위에
색동옷 깔개 삼아
시큼한 향을 빗줄기에 밀어 넣는다

여기가 어디인가

하늘도 땅도 웅장함도 없다
비바람 귓불을 물어뜯고
손끝에 사포질이다

찰칵 소리 바위 돌에 얹히고
반달연골 모래 같은 눈 속에
쓱쓱 묻어두고 너를 등지는 길

할머니 뒤태에 웃음이 돋는다

내일도 맑음

2024년 6월 05일 초판1쇄 발행
지은이 이정선 **펴낸이** 김성민 **편집디자인** 김경자

펴낸곳 롸이트형제 **출판등록** 제2020-000004호
주소 41743 대구광역시 서구 북비산로 65길 36, 2층 **전화** 010-2505-6996 **팩스** 053-581-6997
홈페이지 www.broccoliwood.com **인스타그램** broccoliwood_ **전자우편** gwangin@hanmail.net

 ISBN 979-11-89847-81-4 03810